RAPPORT

SUR LE

CONCOURS DE POÉSIE

DE L'ANNÉE 1873

lu en Séance publique le 18 juin 1874

PAR

M. J.-Ch. DABAS

DOYEN DE LA FACULTÉ DES LETTRES ET MEMBRE DE L'ACADÉMIE
DE BORDEAUX.

Extrait des Actes de l'Académie nationale des Sciences, Belles Lettres et Arts de Bordeaux.

BORDEAUX

IMPRIMERIE G. GOUNOUILHOU

11, RUE GUIRAUDE, 11

—

1875

RAPPORT

SUR LE

CONCOURS DE POÉSIE

DE L'ANNÉE 1873

lu en Séance publique le 18 juin 1874

PAR

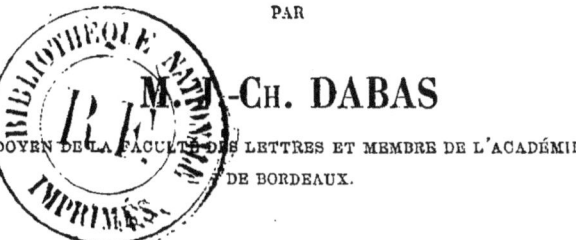

M. J.-Ch. DABAS

DOYEN DE LA FACULTÉ DES LETTRES ET MEMBRE DE L'ACADÉMIE
DE BORDEAUX.

---

*Extrait des Actes de l'Académie nationale des Sciences, Belles-Lettres et Arts
de Bordeaux.*

BORDEAUX

IMPRIMERIE G. GOUNOUILHOU

11, RUE GUIRAUDE, 11

—

1875

RAPPORT

SUR LE

CONCOURS DE POÉSIE

DE L'ANNÉE 1873

lu en Séance publique le 18 juin 1874

COMMISSION

composée de MM. Gaussens, Bellot des Minières, et Dabas, rapporteur.

Messieurs,

J'avais lieu d'espérer que M. l'abbé Bellot des Minières se chargerait de ce rapport : nous y aurions tous gagné. Mais sa bonne volonté s'est vue paralysée, à la dernière heure, par un surcroît d'occupations, et il a dû se décharger sur mes épaules du fardeau que je comptais mettre sur les siennes.

J'aurais un moyen de me débarrasser lestement de la tâche qui m'incombe. Ce serait de vous dire, et je le pourrais en conscience : « Votre concours n'a pas été » heureux : il réalise un progrès... vers la décadence. » Voici donc seulement quelques épaves à grand'peine » recueillies dans le naufrage de vingt-cinq poèmes jetés » à la côte. Un seul est arrivé au port, non sans quelques » avaries. Le reste... échoué. Ne parlons pas, s'il vous » plaît, du reste. »

Mais vous auriez peut-être des scrupules, là où je

serais sans remords. Quelque confiance qu'il vous plaise de mettre dans le jugement de votre Commission, vous désirez des éclaircissements. Nous pourrions avoir oublié quelque pièce qui méritât mieux qu'un rebut. Nous pourrions avoir été trop sévères. Eh bien! Messieurs, je vous donnerai des preuves; mais alors j'ose réclamer de vous la liberté de m'exprimer avec une entière franchise.

Il me semble que, depuis quelques années, l'Académie recule devant un devoir qu'elle ne saurait décliner. Le jour où elle ouvre un concours, elle prend l'engagement tacite d'en rendre compte au public et surtout aux concurrents, qu'elle a mission d'éclairer sur la valeur de leurs efforts. Or, voici que, depuis un certain temps, dans une intention tout honnête, mais peut-être trop chari-table, on recommande à vos rapporteurs de mettre une sourdine à leur critique, de rogner soigneusement leurs ongles, enfin de ne plus toucher à rien ni à personne, passez-moi ce mot, qu'avec des mitaines. Encore cela n'a-t-il pas suffi : on a supprimé la lecture publique du rapport, et, l'an passé, le rapport lui-même, qui ne figure dans nos *Actes* que par un extrait. De cette manière, on ne fera de peine à personne.

C'est vrai; mais n'est-ce pas aussi beaucoup de bonté? L'Académie française n'a pas fait tant de façons, même avec le *Cid*. Que penser de la rudesse de Boileau, et de celle d'Horace, qui ne pardonnait rien aux méchants poètes et qui, non content de siffler la médiocrité, sou-levait contre elle les hommes, les Dieux et jusqu'aux colonnes du temple d'Apollon ?

Mediocribus esse poetis
Non homines, non Dî, non concessere columnæ.

Je n'oublie pas qu'on ne saurait attendre de vous,

impartial et tranquille jury, ces colères et ces *haines
vigoureuses* dont nous parle Molière; elles ne seraient pas
de mise, d'ailleurs, contre de pauvres poétereaux, pour
la plupart innocents de *leurs plus grands excès*. Mais on
vous demande de donner un avis sincère sur les pièces
qui vous sont soumises; on vous demande d'avertir la
faiblesse, d'instruire l'ignorance, d'encourager le talent,
et aussi de décourager l'incapacité. Oui, Messieurs,
décourager : c'est quelquefois rendre un grand service, et
l'oser faire serait, en tout cas, vous soulager grandement
vous-mêmes. Si vous preniez la peine de lire toutes les
pièces du présent concours, vous verriez ce qu'un
système d'indulgence excessive vous a valu : un débor-
dement de rimes, souvent *sans raison,* qu'il est plus que
temps d'arrêter.

Après tout, quel si grand mal notre sincérité peut-elle
faire aux amours-propres? Nous ne pouvons révéler
aucun nom, n'en connaissant aucun que ceux des
lauréats; et les Narcisses anonymes qui seraient tentés
de se contempler dans notre miroir, si leur image ne les
y flattait pas, en seraient quittes pour ne plus le
consulter.

Pour moi, Messieurs, je suis résolu à n'en prendre
aucun souci. C'est à vous, juges, que je m'adresse; je
suis chargé d'éclairer votre religion; ne liez donc point
ma langue, ou, si je devais me prononcer sur les vers
d'Oronte avec les ménagements de Philinte, je vous dirais
comme Alceste :

> ..... Je suis mal propre à décider la chose,
> Veuillez m'en dispenser..... J'ai le défaut
> D'être un peu plus sincère, en cela, qu'il ne faut.

Après cette franche explication, je commence ma revue.

Je la commence, d'ailleurs, avec un sentiment de clémence; et, en effet, si la critique avait quelque velléité de mordre, elle rencontre d'abord deux pièces qui la désarmeraient :

Hommage à l'ouvrier, et *Plaintes d'un amant.* Comment bouder contre ce gai refrain :

> Honneur, honneur
> Au vaillant travailleur ?

Comment tenir rigueur à cet amoureux, qui tombe aux pieds de sa maîtresse, en lui disant :

> Je me jette à vos genoux;
> Désarmez votre courroux ?

Passez, passez mon ami. Mais puisque nous y sommes, je propose d'en finir tout de suite avec les amoureux; car ils sont nombreux et pressants :

Celui-ci nous confie un *Secret.* Il le dit à l'oreille, comme l'homme de Célimène; mais enfin, il le dit, et, comme chez Timante, *ce secret n'est rien.* Vous l'auriez bien deviné : *Je t'aime!*

> Oh! oui, je t'aime, je t'adore,
> Je te jure fidélité
> Pour la vie, et bien plus encore,
> Tout le long de l'éternité.

Nous lui dirons tout bas, à l'oreille : Ne le confiez à personne. Gardez-le pour *elle... tout le long de l'éternité.*

Celui-là est à la fois plus hardi et plus timide : *Au bord d'un clair étang* il se tient, la main dans la main de sa belle, et il passe tout le jour... à deviser sans doute? Non, à ne rien dire, mais à regarder dans l'eau une image souriante, et la sienne qui, moins gracieuse, paraît vieillir dans ce miroir et s'y rider.

Quoi! poser si longtemps dans cette attitude chère au daguerréotype! Mais c'est encore l'*éternité!*

Cet autre versifie ou plutôt balbutie une *Excuse*. Il s'excuse *d'aimer tant! trop! (sic)* celle qu'il appelle *sa muse et sa sainte!* Il n'a vraiment à s'excuser que d'une chose, d'avoir fait de méchants vers.

La Brune et la Blonde nous conte la déconvenue d'un viveur, qui, assis à table entre deux beautés, se conduit avec elles en Don Juan vulgaire, les courtise sans esprit l'une après l'autre, puis, en les courtisant, se prend tout de bon d'amour, un peu de vin aussi, et finit par se faire moquer, à droite comme à gauche... C'est bien fait! Mais il n'y a que la morale de sauvée.

Le *Soir d'été* est plus sentimental. C'est le sommeil d'une femme aimée et son réveil auprès de l'ami..... Un rien, en quatre petites pages d'un style négligé, mais où se glissent pourtant quelques vers heureux, comme celui-ci. Au réveil, et après le rêve qu'*Elle* a fait avec les anges, *Il* lui dit :

Les cieux dont tu descends n'ont plus rien que j'envie.

Madelaine (c'est une ballade) se rattache au même ordre d'idées, moins la passion qui en est absente... Simple récit d'une triste et trop commune aventure, celle d'une jeune fille qui, sortie un beau matin pour admirer la nature, cueillir des fleurs et écouter la chanson des oiseaux, ne rentre que le lendemain chez sa mère, en pleurant et en taisant un secret, un secret avec lequel elle mourra, le même soir, de honte et de douleur. Amère leçon qui ne profitera pas à toutes celles que la ballade avertit, et qui ne diminuera guère le nombre des Madelaines. Mais était-ce bien la peine de rimer cela, pour quelques vers assez gracieux, rarement touchants, et gâtés par un plus grand nombre de vers oiseux ou contournés?

Il est évident que l'amour a mal servi nos poètes. Voyons si le patriotisme les a mieux inspirés.

Hélas!

Sous un même numéro, un concurrent nous présente trois pièces, avec notes et commentaires. Ces notes sont longues et taillées dans des articles de journaux plus ou moins véridiques : je vous en fais grâce. Mais que dire des vers? Las! las!

A la France vaincue! Ce récit de nos malheurs, qui se donne modestement pour un *poème national,* détaille sur un ton prud'hommesque toutes nos défaites et les causes réelles ou prétendues de nos désastres. Il refait (sommairement, Dieu merci!) le procès de Bazaine et instruit, en passant, celui de nos autres généraux, éclaire Mac-Mahon, vilipende d'Aurelles, tance Bourbaki, conseille doucement Gambetta, raille le *pieux Trochu,* exalte Garibaldi et salue rétrospectivement Saint-Just, *grand homme d'État,* dit-il, *qui savait agir en soldat!*

Halte-là, mon général! Commandez, tant qu'il vous plaira, les manœuvres, décrétez la victoire, battez les Prussiens : vous nous ferez plaisir. Mais, de grâce, point de politique! L'Académie n'en veut pas. Elle se borne à réclamer le respect de nos gloires militaires... et du bon sens.

Le même auteur nous donne une fable, politique encore, intitulée *le Perroquet et l'Aigle...* Le perroquet est l'oiseau de Sedan, qui fond sur l'aigle de Prusse, après le débat de l'aigle avec le vautour.

Allons, allons, poète! Cela n'est pas généreux.

Du même encore, *la Revanche...* Un beau titre, *la Revanche!* Oh! tous les cœurs français la désirent, quand il sera permis de l'espérer. Mais il faut savoir attendre, et, en attendant, il y a toujours une belle revanche à prendre... pour l'auteur. Je la lui souhaite.

Passons à l'économie politique : *Le Libre-Échange.* L'auteur est un Bordelais convaincu... et désintéressé, je n'en doute pas, quoique sa philanthropie ne lui fasse pas oublier les intérêts... d'autrui sans doute. Il espère qu'avec la liberté le vin de Bordeaux fera le tour du monde, et il le dit même assez naïvement :

> Devons-nous garder *seuls* la liqueur salutaire
> Et son charme consolateur ?
>
> . . . .
> . . . .
>
> Non ; *l'égoïsme* en vain se révolte et réclame.
> Au monde entier ouvrant sa main,
> La noble France veut que son divin dictame
> Régénère le genre humain !

Régénère le genre humain ! C'est peut-être surfaire un peu la vertu, justement prisée, du Médoc. Mais notre libre-échangiste va plus loin encore, jusqu'à une comparaison très risquée avec la propagation de l'Évangile, *partageant les bienfaits de Dieu !*

Autre petit excès. Qu'il salue avec enthousiasme Cobden et Bastiat : rien de plus naturel. Mais il n'est pas tendre pour un illustre protectionniste : un vieux tribun, dit-il,

> Un vieux tribun, rabâcheur et myope,
> Petit homme qui se croit grand
> Et qui voudrait donner des leçons à l'Europe !

Il y revient jusqu'à trois fois avec une rage que la philanthropie n'excuse pas. Hurrah pour Cobden et Bastiat !

Nous le voulons bien; mais on peut se dispenser des trois grognements pour M. Thiers.

Élevons-nous plus haut, jusqu'à la source des pensées philosophiques et des inspirations religieuses.

Nous enregistrons pour mémoire une très courte pièce, intitulée *Passage*, dont le sens un peu vague paraît être que nous sommes sur la terre en passant, pour souffrir et pour mériter : idées honnêtes, mais banales; style commun, quelquefois prétentieux et forcé; pour mémoire, également, une autre pièce d'aussi mince valeur, et plus mal écrite encore, d'une forme parfois bizarre, ayant pour titre : *Contemplation*.

Voici, sous un seul numéro, trois ou quatre autres pièces qui n'iront pas non plus à l'immortalité : *la Patrie* (du Ciel); *le Concile de 1869; Résignation et Consolation.* Pensées chrétiennes, douceur et pureté, mais peu de souffle et de force. C'est l'œuvre de quelque pieux lévite, faisant monter à Dieu, comme il dit, *la voix de son humble jeunesse.* Il rencontre un joli vers dans sa *Consolation* à une mère qui pleure son enfant. Après lui avoir montré la patrie céleste et avoir relevé vers Dieu ses yeux noyés de larmes, c'est lui, dit-il,

> C'est lui qui donne toutes choses,
> Qui peuple nos forêts d'oiseaux,
> Qui couvre nos bosquets de roses,
> Et qui dépeuple nos berceaux.

Il y a plus de force et de distinction, sans contredit, dans le petit poème qui a pour titre *les Papillons*.

Les *Papillons*, ce sont les souvenirs de l'enfance et de ses beaux jours revenant voltiger, après les orages de la jeunesse, sur les débris d'un bonheur détruit, devant les yeux d'une âme malade, blasée, peu croyante encore, mais touchée déjà du remords, et que le scepticisme n'a pas gangrenée.

Trop d'efforts, trop d'images, trop de mots surtout ! Un papillotage qui fatigue, un goût parfois douteux, mais une certaine verve et quelques bonnes idées. Exemple : après avoir comparé sa vie à un désert, à un marais, à une ravine, à une pelouse dont les pieds ont foulé et flétri le gazon :

Parterre trépigné par les passions viles,

le poëte congédie ainsi l'essaim importun des gais papillons :

Partez, vous que j'aimais ! Revolez vers l'aurore,
Vers les riants vallons où les lys vont éclore,
Où de l'orage encor n'a pas grondé le bruit !
Laissez le ravin sombre et son humide ornière
Au terne scarabée, à l'impur ver de terre,
Qui vont fouillant le sol et rampant dans la nuit !

Le scarabée obscur, hélas ! c'est ma jeunesse.

(Je passe ici un vers plus faible.)

Insecte vil, dont l'œil se détourne en passant.
Le ver, c'est le remords qui sans cesse me ronge
Et creuse, en pivotant, sa morsure qui plonge
Dans les secrets replis de mon cœur haletant.

Sous le même numéro et dans le même envoi, *la Première Lettre d'un jeune missionnaire à sa mère,* avec *Réponse de la mère.*

L'idée n'en paraît pas très heureuse. Ce jeune prêtre, qu'un vœu maternel a consacré au service de Dieu, pendant une grave maladie, et consacré sans lui, sinon malgré lui, est parti pour les missions étrangères, en regrettant quelque chose. Dès la première lettre qu'il envoie à sa mère, d'une plage lointaine, il s'abandonne au rêve intempestif d'un amour encore mal effacé de son cœur. Il est vrai qu'il immole la passion au devoir, et que les pieux conseils de sa mère le confirmeront dans la volonté du sacrifice. Mais il reste quelqu'un entre Dieu et lui, et le regret qu'il étouffe, ou plutôt qu'il essaie d'étouffer, s'il n'ôte rien au mérite du sacrifice lui-même, lui ôte au moins l'honneur de la spontanéité dans le dévouement.

La pièce est d'un style plus simple, mais plus mou, plus faible et encore moins correct que la précédente. Il n'y a rien, malheureusement, à en citer.

Le Pêcheur, légende évangélique. Le fond en est touchant. C'est le récit d'un pêcheur du lac de Génésareth, qui, guéri par Jésus, et apprenant que des ingrats vont juger et condamner leur Sauveur, court sur ses pas, pour témoigner sa foi avec sa reconnaissance, et assiste à la Passion, jusqu'au pied même de la croix, avant de s'en aller par le monde prêcher la bonne nouvelle et chercher le martyre.

Pourquoi faut-il que la forme trahisse souvent la pensée ? Il y a là de la facilité, du sentiment, un certain art, d'heureux emprunts faits à l'Évangile, mais aussi de la faiblesse et des taches nombreuses. Pour vous donner une idée de la manière de l'auteur, voici un très petit coin du tableau qu'il nous fait entrevoir. Lorsque le pêcheur s'est perdu dans la foule, où le nom de Jésus circule, il raconte ainsi le grand mouvement dont il est témoin :

> Par moments s'élevait une immense clameur,
> Et le peuple ondulait comme un flot sous la houle.
>
> Des hommes, çà et là, pâles, baissant les yeux,
> Lentement se glissaient, les pleurs à la paupière.

Il reconnut l'un d'eux, et lui dit : Simon Pierre !
Sans l'entendre, Simon s'éloigna soucieux.

Il voyait, s'agitant sur les têtes mouvantes,
Passer et repasser les piques des soldats.
On acclamait Caïphe, on montrait Barrabas...

Assurément, cela n'est point mal ; mais nous n'irions pas loin, sans nous heurter à des fautes. Citons encore une belle pensée : lorsqu'après le dernier soupir du divin Crucifié, le voile du temple se déchire, que les tombeaux s'ouvrent, que la nature enfin est bouleversée et tous les êtres dans l'épouvante, l'auteur ajoute :

L'homme seul, aveuglé par sa malice même,
Sans être anéanti voyait la mort d'un Dieu !

Ce qui l'écrase presque constamment, c'est le souvenir inévitable des grands récits évangéliques. Il ne paraît pas de force à en porter le poids.

Le même malheur devait arriver à un traducteur du *Livre de Job,* qui n'est pourtant pas dénué de mérite. Se mesurer avec Job, un si rude jouteur, c'est, disons-le, une entreprise plus que hardie : c'est une entreprise téméraire, surtout quand on succède à tant d'autres qui ont tenté l'épreuve, et qui n'en sont pas sortis victorieux. Un membre illustre de cette Académie, qui nous a honorés, dans sa vieillesse, d'une confraternité flatteuse, M. de Peyronnet, l'avait osé. Qui pourrait dire qu'il n'a pas plié sous l'effort ? Job échappe à l'étreinte de tout lutteur ; à plus forte raison d'un lutteur qui manque de reins. Aussi, pour juger de la valeur de la traduction nouvelle, faut-il se garder de la mettre en regard du texte original : elle n'en soutiendrait pas la comparaison. Il faut se contenter d'en écouter les vers, comme un écho lointain de la grande voix du patriarche. Alors, on y pourra louer un certain mérite d'aisance, d'élégance et de correction, non pas irréprochable (il s'en faut!) mais relative.

En somme, Messieurs, c'est là un travail sérieux, dont l'auteur ne s'est pas dissimulé l'imperfection, puisqu'il s'est donné à lui-même cette épigraphe :

J'aurai du moins l'honneur de l'avoir entrepris.

On ne saurait donc lui refuser quelque estime, et votre Commission a été d'avis de le récompenser par la *citation*. Je transcris, en conséquence, ce passage pris au hasard dans les plaintes de Job :

J'ai perdu tout espoir de conserver ma vie
Éphémère et déjà plus qu'à moitié ravie.
O ciel clément! Mes jours ne sont plus que néant.
Qu'est l'homme, pour que Dieu d'un doux regard l'honore,
Pour que son cœur lassé vers lui se tourne encore,
Pour que sa main l'arrache à l'abîme béant ?

Quand viendra le repos, Seigneur, auquel j'aspire,
Et quand permettrez-vous, enfin, que je respire ?
Si j'ai fui mon Sauveur, je le cherche à présent.
Comment puis-je apaiser sa rigueur implacable ?
Inhabile à braver la force qui m'accable,
Pourquoi suis-je à moi-même un fardeau si pesant?

Que ne vous montrez-vous à ce point magnanime,
D'effacer dans mon cœur la trace de mon crime ?
Que ne pardonnez-vous à mon iniquité ?
Dans la cendre et la nuit je dois dormir encore,
Et, si vous me cherchez quand renaîtra l'aurore,
Je serai comme si je n'avais pas été.

Les deux derniers vers nous paraissent les meilleurs; mais pourquoi? parce qu'ils se rapprochent le plus du texte et le serrent de plus près.

La veine religieuse épuisée, il nous reste à mentionner quelques pièces composées sur des sujets divers.

Vous parlerai-je du *Bouquet de l'amitié,* dialogue en un acte et en vers ? Il vaut mieux n'en rien dire, et vous laisser juger de la conception par l'assemblage étrange des personnages qui y figurent : « L'Amitié, la Pervenche, » la Pensée, le Myosotis, la Faveur (ou le ruban), *le* » *Calembourg et l'Esprit farceur.* » Vous en avez assez.

Impossible de passer tout à fait sous silence un conte en quatre gros cahiers, formant 98 pages d'écriture, 3,300 vers environ, et intitulé *le Mariage de Fernande.* Mais soyez tranquilles : je ne vous fatiguerai point du long récit de cette mésalliance, des colères de Mme de la Jeannotière, des aventures du baron Ulric de Coqhéron, des méchancetés de la Ruche démocratique, des scélératesses de l'huissier Binard, etc., etc. L'*Esprit farceur* a passé par là, et il y a fait des siennes. Aussi cela est-il fou, le plus souvent, et grotesque. On s'étonne de pouvoir pêcher ça et là, au milieu de ce fatras, un assez bon nombre de vers faciles, lestes d'allure et presque spirituels.

Une Journée au port Berteau, à Saintes, n'a rien d'intéressant. Cela ressemble à ces mille petites toiles, ou plutôt à ces mille petits cadres devant lesquels on passe, dans une exposition de tableaux, sans s'arrêter à les regarder. Il n'y a rien, rien du tout qu'un cadre.

Un coup d'œil sur l'ancienne Rome est une sorte de lieu commun traité d'une manière déclamatoire. Néron gladiateur en fournit le sujet. Le style est sans naturel et sans correction. On y relèverait, tout au plus, quelques vers comme celui qui peint l'esclave gaulois, vainqueur trop clément de César :

Sous le glaive il saura tomber, rire et mourir.

Restent encore deux petits romans, dont l'un, intitulé *Rencontre,* a pour auteur l'auteur de *Madelaine* et d'un *Coup d'œil sur l'ancienne Rome.* Il n'y faudrait pas chercher la vraisemblance, comme vous allez voir.

Un voyageur, attardé dans la campagne, arrive un soir, par un temps d'orage, dans une maison blanche, où il reçoit l'accueil le plus hospitalier d'un bon vieillard et de sa femme. Les serviteurs revenus du travail des champs, on s'attable, on cause et l'étranger conte son histoire. Il se souvient d'avoir vécu, dans son enfance, au milieu d'une ferme toute semblable, aimé, caressé, choyé de ses parents, puis d'avoir été enlevé à leur tendresse par une troupe nomade de bateleurs. Depuis lors, il a figuré sur les tréteaux et mené la plus misérable existence, en rêvant toujours à sa maison et à sa mère. Un beau jour, cependant, rompant sa chaîne, il s'est enfui et s'est mis à courir les champs à la recherche de sa famille. Mais quel espoir de la retrouver? Il y a trente ans qu'il en a perdu la trace. Trente ans, ô juste Ciel! Eh! voilà trente ans aussi que ces braves gens ont perdu leur fils. C'est leur fils qu'ils ont retrouvé! Tableau.

Ce roman, encore une fois, est un vrai roman, dont la reconnaissance est aussi mal justifiée qu'elle est brusque. Le style est à l'avenant. Mais il faut avouer que la pièce renferme quelques jolis vers, quelques détails gracieux, un peu de sentiment et, visant à l'effet, un certain art de le produire. Je suis généreux.

L'autre poème-roman est *l'Enfant sauvé,* du même auteur que la *Légende évangélique du Pêcheur.* C'est comme un petit drame, plus ou moins vraisemblable aussi, mais attendrissant et qui nous saisirait davantage, si la prolixité, dans les détails de la mise en scène, n'en affaiblissait pas l'intérêt.

Pendant la dernière guerre, la femme d'un villageois
français, en deuil de son fils tombé sur un de nos champs
de bataille, et courant après son mari qui vient de
combattre lui-même pour la défense du village, trouve
sur le lieu de la lutte, près d'un amas de cadavres, un
petit enfant encore vivant dans les bras de sa mère
expirée. Elle le recueille pieusement, le rapporte sur son
sein dans sa demeure, et déjà songe à l'adopter, comme
un autre fils que le Ciel lui envoie. Cependant, l'homme
revient du combat, blessé au bras et couvert de son
propre sang. Il voit l'orphelin, l'examine, et surprend à
son cou une médaille dont la légende est en langue
étrangère. Le fils d'un Prussien! Horreur! Ce brave, en
qui le Français et le père se révoltent à la fois, repousse
avec fureur le don ironique de la Providence, et jure de
laisser périr ce rejeton de ses plus mortels ennemis.
Mais la femme, plus charitable (car la Charité est une
femme et une mère), a pitié du pauvre petit. Elle insiste
avec éloquence. Vous devinez le reste : l'enfant pleure
et tend les bras, l'homme est désarmé. Ils l'élèveront
donc comme leur fils, et de ce petit Prussien ils tâche-
ront de faire un bon Français.

Le récit de l'auteur demanderait à être resserré et
mieux écrit; mais il attache et touche. Les vers en sont
faciles, ils ont de la facture et des coupes variées, fréquentes, trop fréquentes même; car la monotonie y
rentre, à la fin, par cette porte qui devait l'exclure. Quoi
qu'il en soit, la pièce a vraiment du mérite, et votre
Commission, Messieurs, a été d'avis de lui accorder une
mention honorable ou même une récompense un peu
plus élevée. (*L'Académie, en effet, a cru pouvoir lui décer-
ner une médaille de bronze.*)

En voici un passage que je choisis, sur la fin. Le

villageois a découvert la médaille allemande, et essaie
vainement d'en déchiffrer l'inscription :

Tout à coup un juron s'échappe de sa bouche.
C'est l'enfant d'un Prussien ! Et tremblant et farouche
Il s'éloigne, les poings serrés, l'œil menaçant.
La femme entend, pâlit, se tait en frémissant ;
Puis cherchant, pour sauver le pauvre petit être,
Une pieuse ruse, elle répond : « Peut-être
» N'est-il pas étranger... La guerre a des hasards...
» L'écriture est menteuse... Il faut voir ! Des vieillards
» Comme nous sont sujets à se tromper... Que faire ?
» On ne peut le laisser pourtant dans sa misère !
» En le plaçant ainsi, mourant, sur mon chemin,
» Le bon Dieu l'a voulu confier à ma main.
» Nous avions notre fils... » — « Qui nous l'a mis en terre,
» Sinon de cet enfant ou le père ou le frère ?
» Qui, me visant au cœur, n'a frappé que mon bras ?
» Qui donc ? » —
               Elle frissonne, elle ne cède pas.

— « Ah ! nous voilà, notre homme, au bout de nos carrières.
» Mourir sans un ami qui ferme nos paupières,
» C'est triste ! Celui-ci ne pourra faire moins
» Que de payer d'amour nos bontés et nos soins. »

L'homme se lève avec un geste de colère :
« Malheur à qui voudrait nourrir cette vipère !
» Mieux vaut mourir, seul, nu, perclus... »

(Je passe quelques vers moins heureux.)

— « Eh ! bien, dit-elle en pleurs, prends le donc ! Le voici !
» Porte le, maintenant, sous le bois, dans la neige,
» Et que sa mère morte, elle au moins le protége,
» Puisqu'il est des vivants repoussé sans merci,
» Et qu'un chrétien peut être à ce point endurci ! »

Elle saisit l'enfant qui pleure, le présente
A l'époux..., et, jetant sa plainte attendrissante,
La frêle créature ouvre ses petits bras

Comme pour demander secours... L'homme à grands pas
Marche impassible... Enfin, la pitié le désarme.
Tant de faiblesse ! Tant de malheur ! Une larme
Mouille ses yeux gonflés qu'il cache sous ses doigts.
Il cède, en murmurant de sa plus grosse voix :
« Puisqu'il est sous mon toit, sans aide, sans défense,
» Qu'il reste !... Qu'il ignore à jamais sa naissance !
» Si nos leçons, nos soins ne sont pas superflus,
» Nous en ferons peut-être un bon Français de plus. »

Avec le sentiment et le mouvement dramatique, il y a
là ce que les artistes appellent *du faire*, et nous serions
bien étonné, si l'auteur, que nous croyons deviner à sa
facture, n'était pas un lauréat de nos Concours, depuis
longtemps abonné à nos couronnes. Que lui manque-t-il,
avec les qualités qu'il possède, pour faire mieux et tout
à fait bien ? De faire moins vite, de soigner son travail et
de mieux écrire. Il a, quoiqu'à un moindre degré, le
même tort que tous nos autres concurrents. Ce qui leur
manque à tous, en effet, ce n'est pas tant la verve et le
souffle, bien qu'ils leur fassent aussi et trop souvent
défaut ; c'est le style, le goût et le respect de la langue...
Sans la langue pourtant, comme l'a dit Boileau,

.... l'auteur le plus divin
Est toujours, quoi qu'il fasse, un méchant écrivain.

Malheureusement, de nos jours, on versifie encore, on
versifie même beaucoup, mais on n'écrit plus.

Voilà, Messieurs, tout notre Concours : quelques bribes
de poésies ramassées çà et là, la matière d'une citation
et le sujet d'une mention honorable (convertie en
médaille), c'est tout ce que votre Commission y a trouvé.
Ce n'est pas sa faute si elle n'a pu moissonner une gerbe
plus abondante, en glanant.

Par bonheur, en dehors du Concours, il y a eu deux envois faits pour vous dédommager. Un seul est parvenu à votre Commission, et c'est de lui seul que j'ai à vous rendre compte; mais vous n'y perdrez rien, parce qu'une bouche plus autorisée que la mienne, celle d'un poète, vous parlera tout à l'heure de l'autre.

Notre lot, à nous, c'est un recueil de vers imprimé en 1873, sous le titre de *Légendes du Chantier rural,* et signé du nom de M. J.-B. Goux, membre de la Société d'Agriculture, des Sciences et Arts d'Agen, et correspondant de l'Académie de Bordeaux.

Nous avons lu cet ouvrage avec un vif intérêt, et nous y avons trouvé un grand charme. C'est un livre d'un mérite supérieur, à part les réserves que la critique est toujours en droit de faire. Figurez-vous quelque chose comme des Géorgiques, Géorgiques du dix-neuvième siècle, inspirées par un amour sincère des champs, par un sentiment vrai de la nature, mais surtout par le génie pratique de la culture moderne et la connaissance approfondie de ses procédés. On y voudrait (c'est mon *desideratum*), on y voudrait seulement, avec le souffle de vie qui y circule, un reflet, rien qu'un reflet de ce style adorable, mais hélas! perdu, et introuvable aujourd'hui, des Géorgiques latines.

Tel qu'il est, c'est un recueil d'une valeur incontestable. Nous ne croyons pas devoir, cependant, le proposer pour une récompense, et voici nos raisons :

D'abord, l'auteur nous a offert son livre comme un hommage, ne sollicitant de nous qu'un favorable accueil. Puis, des deux parties principales, qui le composent, *le Sorcier* et *la Ferme* (deux poèmes dont le second complète le premier), *le Sorcier* a déjà mérité à M. J.-B. Goux le titre de membre correspondant de notre Académie,

et il a eu trois éditions; *la Ferme* a concouru, à Niort,
en 1872, et y a bel et bien remporté un prix de 1,800 fr.,
proposé pour le meilleur Almanach agricole et moral.
On l'a couronnée comme un excellent Almanach, et la
poésie a passé par dessus le marché.

Il n'y a donc de nouveau, dans les *Légendes du Chantier
rural,* qu'une troisième partie, composée de trois petites
pièces intitulées : *le Laboureur et l'Ouvrier, la Légende de
l'enseigne,* et *le Fer à cheval.* Il est vrai qu'elles ne sont
pas sans prix.

J'espère vous faire plaisir, en vous donnant lecture du
premier de ces trois récits, *le Laboureur et l'Ouvrier,* et
je le choisis parce qu'il renferme une bonne leçon à
l'adresse des ouvriers de nos campagnes. Écoutez : le
narrateur vous introduit tout de suite au cœur du sujet,
in medias res, par un dialogue dont vous distinguerez
aisément les deux interlocuteurs :

— « La nuit vient, il bruine et le vent est glacé.
Pâle et souffrant, peut-être, au revers du fossé,
Pourquoi rester ainsi couché sur l'herbe humide ?
Venez ! »

       — « Je meurs de froid et j'ai l'estomac vide. »
— « Ces haillons sont légers pour la rude saison.
Que n'êtes-vous entré ? Voici notre maison ! »

— « J'espérais bien plus vite atteindre mon village ;
Mais de Rouen chez nous la route est longue ; l'âge
Me pèse, et mon pied lourd commence à me trahir.
Quand vous m'avez trouvé, j'allais m'évanouir. »

— « Venez ! vous passerez la nuit dans notre ferme.
Appuyez-vous sur moi ; j'ai l'œil bon, le pied ferme ;
J'ai pour la faim du pauvre un morceau de pain bis.
Hâtons-nous ; un feu clair séchera vos habits. »

Côte à côte à la ferme ils arrivent ; la femme,

D'un sourire humble et doux; où rayonne son âme,
Accueille l'étranger, le place au coin du feu,
Et lui présente à boire un doigt de vin : — « Que Dieu
Vous le rende au centuple, ô femme charitable! »

Tandis qu'il se chauffait, elle mit sur la table
La châtaigne fumante et le beurre embaumé,
Disant : Mangez, buvez! Et le pauvre affamé
De sa vie, en mangeant, contait l'histoire sombre,
Histoire qui s'applique à des hommes sans nombre :

— « Comme vous, autrefois, je labourais aux champs.
L'ambition me prit... Je voyais tant de gens
A la ville sans cesse allant chercher fortune!
J'eus soif d'ouvrir ma bouche à l'ivresse commune.
On disait qu'à Mulhouse, à Lyon, à Paris,
L'offre de nos deux bras, taxée à son vrai prix,
Serait vite accueillie, et que, toute l'année,
Trois fois plus que chez nous se payait la journée.
Me voilà donc parti... J'avais cinq francs par jour
Au lieu de trente sous que l'on gagne au labour.
Joli denier vraiment! Mais tout n'était pas rose.
Nous étions renfermés, de l'aube à la nuit close,
Dans une salle étroite où l'on travaillait dur.
La besogne n'est rien, mais j'étouffais; l'air pur
Manquait à nos poumons; l'œuvre en était plus rude.
O liberté des champs, vivante solitude ;
O ma bonne charrue et mes bœufs limousins,
Que je vous regrettais! Camarades, voisins,
Grands chênes vénérés, épaisseur de l'ombrage,
Où parfois entre amis on cause après l'ouvrage,
Amours du jeune temps, danses sous le ciel bleu
Chaque dimanche, au seuil de la maison de Dieu,
Que je vous regrettais!... Et dix ans j'ai, sans trève,
Langui dans cet enfer! Comme d'un mauvais rêve
J'en suis sorti malade, et vieilli de vingt ans.
Plus d'un meurt avant l'âge et peu vivent longtemps...
Ces machines font peur. Tenez! une courroie
Vous prend un homme ainsi que le tigre sa proie.
Il pousse un cri d'angoisse; on accourt... En son vol

La roue aux dents de fer l'emporte, et sur le sol,
Meurtri, broyé, hâché, le malheureux retombe.
On n'a point un cadavre à mettre dans la tombe,
Mais une chose horrible, où le dernier baiser
D'un fils ou d'une mère hésite à se poser.

» L'atelier! L'atelier n'est point ce que l'on pense.
Nous gagnons trois fois plus, mais triple est la dépense.
Le pain, la boisson, l'eau, tout s'achète à prix d'or,
Et même le sommeil dans le bouge où l'on dort.
Ah! le lit n'y vaut pas la tiède et saine couche
Que le bœuf à l'étable échauffe de sa bouche!
Mon bilan d'ouvrier se résume au total :
Bien portant, pas le sou; malade, l'hôpital!
D'ici je vois encore ces rangs de lits funèbres.
J'en frissonne; écoutez : Des médecins célèbres,
Des Sœurs, anges d'amour, de grâce et de douceur
(Chapeau bas quand on passe à côté d'une Sœur)!
Bon bouillon, linge blanc, rien n'y manque, tout brille;
Oui, mais c'est l'hôpital, ce n'est pas la famille!

» Ceux qui vantaient la ville et ce métier maudit,
Le métier d'ouvrier, ne m'avaient pas tout dit.
La guerre d'outre-mer nous a coupé les vivres.
Chômage! Le patron me rayant de ses livres,
De mon dernier écu j'ai bientôt vu la fin.
Deux cent mille ouvriers, là-bas, meurent de faim!

» La France à tant de maux paiera sa dette sainte;
Déjà le cœur de tous s'ouvre à l'immense plainte.

» Pour moi, j'ai fui la ville, et, libre du chantier,
Je me suis souvenu de mon premier métier.
J'ai dit : C'est le sillon qu'il me faut, non la rue :
Je serai désormais fidèle à ma charrue.
O mes bœufs limousins, je vous retrouverai!
Je suis né laboureur, laboureur je mourrai. »

L'ouvrier du guéret songeur, triste, immobile,
En silence écouta l'ouvrier de la ville,
Et lui tendant la main sitôt qu'il eut fini :

« Vous avez fui les champs, Dieu vous en a puni;
Maintenant vous savez ce qu'un laboureur gagne,
Ou plutôt ce qu'il perd à quitter la campagne.
Tel s'en va plein d'espoir qui revient triste et nu.
Mieux vaut tard que jamais. Soyez le bienvenu.
Fils ingrat du sillon, le sillon vous pardonne.
Ici, point de chômage, et sans rancune on donne
A qui veut travailler, du travail et du pain.
Vous aurez votre part; bon courage... A demain! »

Vous avez bien surpris, Messieurs, quelques taches dans ce poème; il y en a. Mais vous en avez admiré aussi la simplicité et la verve, la franche et vive allure, la saine morale, le droit bon sens. Eh bien! toutes ces qualités se retrouvent dans *le Sorcier* et dans *la Ferme*, avec plus d'originalité encore. Votre Commission vous propose donc de remercier et de féliciter chaudement notre honorable correspondant, M. J.-B. Goux.

Puissent de tels exemples profiter à nos Concours et y susciter une généreuse émulation! Nous verrions quelques poètes éclore et peut-être quelques rimailleurs disparaître : ce serait double profit. N'en désespérons pas. Il est encore dans notre ville, notre cher poète bordelais (1) va vous l'apprendre, de jeunes talents qui mûrissent, et de jeunes fronts rayonnants d'espérance, pour qui fleurit le vert laurier.

(1) M. Hippolyte Minier.

Bordeaux. — Imp. G. GOUNOUILHOU, rue Guiraude, 11.